Colección libros para soñar

© del texto original: Xosé Ballesteros, 1998
© de las ilustraciones: Óscar Villán, 1998
© de esta edición: Kalandraka Editora, 2011
Italia, 37 - 36162 Pontevedra
Telf.: 986 860 276
editora@kalandraka.com
www.kalandraka.com

Impreso en Eujoa, Asturias
Primera edición: febrero, 1999
Séptima edición: junio, 2011

ISBN: 978-84-8464-565-8
DL: PO 463-2008

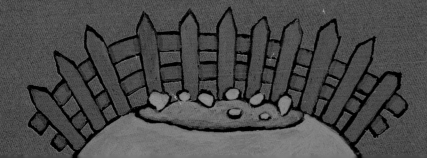

Adaptación de Xosé Ballesteros
a partir del cuento popular portugués

Ilustraciones de Óscar Villán

El pequeño conejo blanco

kalandraka

Érase una vez un pequeño conejo blanco.

Un día fue a buscar coles a la huerta para hacer un caldo.

Cuando el pequeño conejo blanco volvió a su casa,
se encontró con la puerta cerrada y llamó.

—¿Quién es? —preguntó un vozarrón desde dentro.
—Soy yo, el conejito blanco, que vengo de buscar coles
y voy a hacer un caldo.

—Pues yo soy la cabra cabresa y, si no te vas,
saltaré encima de tu cabeza.

El pequeño conejo blanco escapó de allí,

corriendo muy deprisa.

Andando andando, el pequeño conejo blanco

se encontró con un buey y le pidió ayuda.

—Yo soy el conejito blanco
y fui a buscar coles a la huerta.
Volví a mi casa para hacer un caldo,
pero en ella está la cabra caburra
y, si me salta encima, me despanzurra.
¿Quieres venir conmigo?

—Yo no, yo no voy
porque tengo miedo
—dijo el buey mientras se iba.

El pequeño conejo blanco siguió andando y se encontró con un perro.

—Yo soy el conejito blanco y fui a buscar coles a la huerta.
Volví a mi casa para hacer un caldo,
pero en ella está la cabra cabreja
que, si me salta encima, me desmadeja.
¿Quieres venir conmigo?

—Yo no, yo no voy
porque tengo miedo —dijo el perro
mientras se iba.

El pequeño conejo blanco siguió andando andando,
y se encontró con un gallo.

— Yo soy el conejito blanco y fui a buscar coles a la huerta.
Volví a mi casa para hacer un caldo,
pero en ella está la cabra cabrilla
que, si me salta encima, me estampilla.
¿Quieres venir conmigo?

—Yo no, yo no voy
porque tengo miedo —dijo el gallo
mientras se iba.

El pequeño conejo continuó andando, cada vez más triste,
ya sin esperanza de poder volver a su casa.

Pero se encontró con una hormiga, que le preguntó:
—¿Qué te ocurre, conejito blanco?

—Que fui a buscar coles a la huerta
y volví a mi casa para hacer un caldo,
pero en ella está la cabra cabruja,
que, si me salta encima, me apretuja.

—Pues voy contigo —dijo la hormiga—.
Yo no le tengo miedo a una cabra caprina.

Y los dos se encaminaron hacia la casa del conejito.
Y llamaron a la puerta.

—Aquí no entra nadie —dijo un vozarrón
desde dentro—.
Yo soy la cabra cabresa y,
si no os vais rápido,
os saltaré encima de la cabeza.

Pero la hormiga le contestó:

— Pues yo soy la hormiga rabiga
y, como no abras, te picaré en la barriga.

A la cabra cabrisa le dio un ataque de risa.

Así que la hormiga rabiga entró por el agujero de la cerradura,
se acercó a la cabra y ¡zas!
la picó con fuerza en la barriga.

La cabra escapó como un cohete, diciendo:
— Yo soy la cabra cabresa
   y a esta casa no vuelvo

   porque... porque no me interesa.

La hormiga rabiga
le abrió la puerta al pequeño conejo blanco.

Con las coles prepararon un sabroso caldo
y se lo comieron.

Y a mí no me dieron
porque no quisieron.

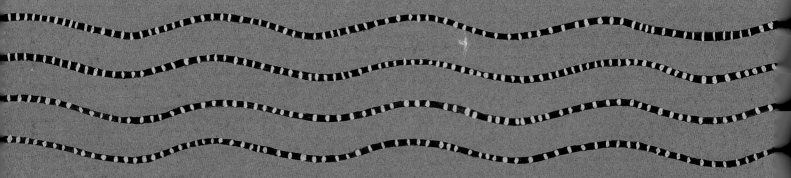